KB104632

벽 속의 편지

벽 속의 편지

창비시선—다시봄

강은교

차례

제1부 사소한 날들의 시

제2부 벽 속의 편지

제3부 기도를 위하여

사소한 날들의 시

너의 들

'왜 나는 조그마한 일에만 분개하는가'로 시작되는
어느 시인의 말은
수정되어야 하네

하찮은 것들의 피비린내여
하찮은 것들의 위대함이여 평화여

밥알을 흘리곤
밥알을 하나씩 줍듯이

먼지를 흘리곤
먼지를 하나씩 줍듯이

핏방울 하나하나
너의 들에선
조심히 주워야 하네

파리처럼 죽는 자에게 영광 있기를!
민들레처럼 시드는 자에게 평화 있기를!

그리고 중얼거려야 하네
사랑에 가득 차서
너의 들에 울려야 하네

'모래야 나는 얼마큼 적으냐' 대신
모래야 너는 얼마큼 작으냐
'바람아 먼지야 풀아 나는 얼마큼 적으냐' 대신
바람아 먼지야 풀아 우리는 얼마큼 작으냐,라고

세계의 몸부림들은 얼마나 얼마나 작으냐,라고.

저쪽

허공에서 허공으로 달리며 그는 말했네
1천광년이나 1억광년 저쪽에서 보면
이 부르튼 지구도 아름다운 별이라고.

아무도 감동하지 않았지만
나는 감동했네

──뿌연 광대뼈와 흐린 눈의 나도 뽀얀 살빛의 천사처럼
저쪽에서 보면 아름다운 빛 속에 잠겨 있을 것이네

──이 모오든 시끄러움, 이 모오든 피 튀김, 이 모오든 욕
망의 찌꺼기들, 눈물 널름대는 싸움들, 검은 웅덩이들, 넘치
는 오염들, …몰려다니는 쥐떼들에도 불구하고.

허공에서 허공으로 달리며

나는 아름다운 별의
한알의
빛

이라고.

물에 뜨는 법

힘을 빼야 하네
어깨에서 어깨 힘을
발목에서 발목 힘을
그런 다음
헐거워진 네 온몸
곧게 곧게 펴야 하네

네 어깨에서
키 큰 수평선들 달려나오고
네 발목에서
꽃 핀 섬들 달려나와
황금빛 지느러미
훨 훨 훨 훨
흔들 때까지

예컨대
길이 길의 옷을 입을 때까지.

새우

꼬부라진 등을 메고
비릿한 수염이 허공에 뻗어 있는
희푸른
그 새우를 아는가.

허허벌판 접시 위에서
모진 이들에게
살껍데기를 다 벗기우고
가끔씩 푸들푸들
세상맛을 보는 듯 경련하는
그 새우를 아는가.

퍼덕이는 말과 말 사이로
미사일들의
숨죽인 굉음과 굉음 사이로
가끔씩 푸드드득

푸드드드득.

지하철에서

벌거벗은 노래가 지하철을 적시며 돌아다니네.
어떤 이는 눈을 감고 있고
어떤 이는 가방을 움켜 안고 있으며
어떤 이는 구두 끝을 내려다보고 있고
어떤 이는 신문 귀퉁이를 목맨 듯 붙들고 있고
어떤 이는 '원하는 부위를 날씬하게'라고 쓴
광고 문안을 열렬히 들여다보고 있네.

　너에게 전화를 거네.
　신호음이 가지에 매달린 잎사귀 하나처럼
　전화선 안에서 가늘게 몸부림하네.
　아무도 받지 않네.
　혹은
　수화기가 빨리빨리 끊어져버리네.

벌거벗은 노래가 흰 지팡이로
닫힌 모든 귀들을 두드리며
다음 칸으로 가네.
저렇게 길고 흰 허공을 나는 본 적이 없네.

안내 방송이 울려오고 지하철이 멎네.
— 다음 역은 없음 없음

벌거벗은 노래가
우웅우우웅 종소리처럼
지하철을 적시고 내리네.

흔적도 없네.

　나는 후회하네.
　너에게 틀린 번호의 전화를 걸었었네.

봄

노오란 아기 고무신 한켤레
한길 가운데 떨어져 있네
참 이상도 하지
자동차 바퀴들이 떠들며 달려오다
멈칫 비켜서네

쓰레기터 옆 버스 정류소에는
먼지 뽀얗게 뒤집어쓴 개나리 꽃망울
터질락 말락 하고 있는데

'그으대에어어 사아아랑의 미이로오여'

버스에서 내린 한 사람
구르는 돌 하나 냅다 차 던지니
한길 속 거기에 가 서네

참 이상도 하지

햇볕에 젖은

노오란 아기 고무신
누군가 벗어놓은 살처럼 얌전히 꼼틀대는
봄의 깊은 뼈.

상처

  택시가 붉은 신호등에 멈춰 섰을 때 택시 기사가 갑자기
권총을 꺼내들었다/그는 차창 밖으로 권총을 난사하기 시
작했다/옆에 멈춰 선/날씬한 은회색 승용차를 향해서/앞에
멈춰 선/산처럼 튼튼한, 비닐 덮개를 기폭처럼 바람에 날리
고 있는 덤프트럭을 향해서/여자 행인을 향해서/남자 행인
을 향해서/빛나는 유리의 15층 빌딩을 향해서

  그건 장난감 권총이었다/입으로는 연신 따발총 소리를
내면서 그는 그 짓을 계속했다/나는 뒷좌석에서 하하하 —
하하하하 — 하하 웃었다/그래도 신호등이 푸른빛으로 풀
리지 않자 그는 권총을 조수석에 던지고 노래를 부르기 시
작했다/있는 힘껏 목청을 돋우어서 — 샤안데리아부울빛에
에아아름다운 그대여어 —
  목소리는 출렁출렁출렁 거리로 기어나갔다/은회색 승용
차의 붕붕대는 은빛 시동에 부딪칠 때까지/덤프트럭에서
날려 떨어지는 검붉은 흙다발에 부딪칠 때까지⋯⋯/아무도
듣지 않았지만/뒷좌석의 나 외엔 아무에게도 들리지 않았
지만/그는 열렬히 노래했다.

차창 저쪽에서 회색 하늘이 가끔 벗겨지고 있었다/몰래
벗겨지는 상처 딱지처럼.

마이산

일요일에 그리로 갔었네
—사람 찾음—○○○—32세—
신문을 읽으며

돌탑 천지였네
길이란 길은 모두 헐레벌떡 달려와
돌탑 속으로 들어가고 있었네

—동해바다—먼바다—폭풍주의보—
일기예보를 읽었을 때
빗방울 하나가 공중에서 급히
떨어져 왔네

너의 젖은 눈썹인가

나, 등에 멘 짐을 내려 돌 속에 밀어넣었네.
'나 썩지 않으리'
부랴부랴 희망이 끼어들었네.

통화

자줏빛 고구마들은 자줏빛 고구마들끼리
상앗빛 양파들은 상앗빛 양파들끼리
푸른 부추들은 푸른 부추들끼리
속삭이네 속삭이네

구멍 숭숭 포대 속에서
혹은
영하 50도의 냉장고 속에서

이 별의
한켠
얼며 녹으며.

돌팔매질을 하는 사람

한 사람이 찢어진 산의 가슴께 잡풀 멈칫멈칫 흔들리는
공터에 앉아 오도카니 돌팔매질을 하고 있다.
…하나…두울…세엣…

무슨 상처처럼
빈터 위에 솟아 있는
너

물을 기다리며.

일곱마리의 검푸른 두꺼비

시장바닥 쇠그물 속에서
일곱마리의 검푸른 두꺼비
가쁘게 숨 쉬고 있었네

먼 길 달려온 뒤
일곱 길의 검푸른 바람도
가쁘게 숨 쉬고 있었네

'미성년자 허약 체질에 좋음'이라고 쓴 종잇조각
숨찬 바람에 날리고

저녁 무렵 아득한 시장바닥
헤매는 사람들 함께
가쁘게 숨 쉬고 있었네.

얼음 상자 속 모든 지느러미들
숨찬 바람에 퍼덕거리고.

고양이

새벽길
어둠이 마악 일어서기 시작할 때
어린 고양이 한마리
달려오는 자동차에 나동그라졌네
푸들푸들푸들
허공을 긁어대었네

푸른 옷의 노인이
그 곁을 비틀비틀비틀 지나갔네
붉은 옷의 젊은 사내
그 곁을 투덜투덜투덜 지나갔네
아마도 비만증의 여편네
그 곁을 흐늘흐늘흐늘 지나갔네

새벽길
어둠이 마악 떠나오기 시작할 때
또 한대의 자동차 달려오며
아예 고양이를 죽여버렸네

나는 모르는 일이야 —
너무 사소한 일이군 —

아무도 돌아보지 않았네
가벼운 가벼운 죽음이었네.

귀

그 여자가 귀를 막고 있다
옆에 선
그 남자가 귀를 막고 있다
옆에 선
창들이 귀를 막고 있다
옆에 선
바람들이 귀를 막고 있다
옆에 선
눈물들이 귀를 막고 있다
옆에 선
노을들이 귀를 막고 있다

거리엔
닫힌 귀들뿐이다.

꽃

지상의 모든
피는 꽃들과
지상의 모든
지는 꽃들과
지상의 모든
보이는 길과
지상의 모든
보이지 않는
길들에게

말해다오
나, 아직 별 위에서 기다리고 있다고.

공룡

　텔레비전에는 공룡 한마리 들어 있네/왜 그 5만년 전에 살았다는/………/…진짜 같은 가짜 신음

　텔레비전에 들어 있는 공룡에는/실이 달려 있네/두리둥실 우리 아파트가 끌려가네/우리 동네 얼굴이 반쪽 된/산이 끌려가네/앞집 아지매가 끌려가네/뒷집 아저씨가 끌려가네/아름다운 아가씨가 끌려가네

　텔레비전을 켜면/나 모두 평등하네/집채만 한 공룡의 어깨뼈에 얼이 빠진 심장들/잠시만 비 내려도/푹푹 젖어버리는군/잠시만 눈이 내려도/벌벌벌벌 떠는군

　아, 텔레비전을 켜면/나 모두 지혜롭네/나 모두 평화롭네/공룡이 가리키는 먹이/즐겁게 즐겁게 먹으며/공룡이 가리키는 벌판/평화롭게 평화롭게 걸으며

　괜히 건강하네/괜히 아프네/공룡이 밀어대는/안개빛 자동차/공룡이 밀어대는/물빛 에스컬레이터/흐르고 흘러

너는 바보처럼 입을 벌리네/왕자처럼 입을 벌리네/번쩍이는 광고의 주인공이 되어/스카치를 가슴에 붓네/네 가슴이 녹아날 때까지/평평하게/평평하게 녹아날 때까지.

아구

오늘 아구 한마리 사 왔네
멋진 아구찜, 아구탕의 꿈을 위하여

쭉 찢어진 아가리가 몸뚱이의 반을 차지하고 있었네
그 녀석의 뼈는 또 왜 그리 억세던지
칼로 내려치는 나를 향해 연신 비아냥거리고 있었네
그 녀석의 미끌거리는 잿빛 살껍질도
날아가는 로켓탄 같은 아가리도

'어둠이 질기면 얼마나 질기랴'
그 녀석의 짓무른 눈
젖어, 고함치고 있었네.

수많은 눈썹들이

수많은 눈썹들이
도시의 하늘에 떠다니네
그 사내 오늘도
허리 굽혀 신발들을 깁고 있네

이 세상 눈썹들을
다 셀 수 없듯이
이 세상 눈들의 깊이
다 잴 수 없듯이

그 계집 오늘도
진흙 흐린 천막 밑에 서서
시드는 배추들을 들여다보고 있네
11월.

'돌아오라 쏘렌토로'

그 거리엔 뒤로 걷는 한 사람이 살고 있었네
한 손에는 커다란 헌 가방을 들고
나머지 한 손에는 검은 우산
영국 신사처럼 정장을 하고
빛나는 눈알을 재빨리 굴리며
걸음을 재어
뒷걸음질로 길을 건넌다네

그 사내를 처음 보았을 땐
누구에겐가 쫓기는 사람인 줄 알아 가슴이 쿵쾅쿵쾅했는데
다시 부딪쳤을 때는
왜 그러시는지? 빈말을 좀 붙여보고 싶었고
또다시 부딪쳤을 때는
미친 사람인 줄 알아보았다네.

'돌아오라 쏘렌토로……'

그 비 오는 날
동네 길이 모두

깊은 눈물에 잠겨 있을 때
한 진초록빛 벽 끝에서
그 사내가 나타났네
사내는 아주 사려 깊이
고개마저 자주 주억거리며
눈물에 젖은 벽을 짚어
뒷걸음질 치고 있었네
단단하고 단단한 빙판이 되어가고 있는
눈물의 길을 따라서

사내가 옳았네
'돌아오라 돌아오라 쏘렌토로……'
비바람에 덮여서 세상 길들이란
젖은 꽃잎처럼 꽃잎처럼
저 진초록빛 벽 뒤에서나 만나고 있음을.

파리에게 주는 시

불이 흐르네
너의 떨리는 검은 날개와
쉴 곳 없는 피와
떠나는 데 익숙한 다리와 다리에
불이 흐르네

퍼덕이는 밤 창틀 위에
구겨진 살 위에
손톱 위에도 흐르는 불

흐르는 불의 글자를 위해
너를 내리치고 내리친 뒤
불 위에 그득한 어둠 박살내고 박살낸 뒤

그런데 너는 이제 간곳없구나
하나의 점이 조각난 어둠 밑에 남았을 뿐
불의 글자 밑에 남았을 뿐
소리도 없이
아, 정말 숨지는 소리도 없이

불이 흐르네
나의 떨고 있는 검은 뼈 위에
퍼덕이는 불면 위에
구겨진,
마른 살 위에.

이사

그 사람이 아마도
못을 박고 있네
아마도 5층에서
못을 박고 있네
아마도 3층에서
못을 박고 있네

벽이 흔들리네
흔들리는 벽에
흔들리며 나도 못을 박네
흔들리는 벽에
흔들리며 네가 못을 박네

벽에서 피가 흐르네
5층에서 흐르는 피가 천장을 타고
4층으로 흐르네
4층에서 흐르는 피가 천장을 타고
3층으로 흐르네
3층에서 흐르는 피가 천장을 타고

2층으로 흐르네
2층에서 흐르는 피가 천장을 타고
1층으로 흐르네

그 사람이 아마도
못을 박고 있네
탕 탕 탕 탕
자기를 지나서
탕 탕 탕 탕
너를 지나서
탕 탕 탕 탕
지구의, 우리의 뿌리 속으로.

아득한 목소리

흰 붕대를 싸맨 듯 여윈 축대가 싸매고 있는
산 한 모퉁이
돌밭에 무더기무더기 모여 있는
잡풀들을 본다.

오늘은 바람이 부는가
길이 구겨진다
잡풀들이 있는 힘껏 몸을 비튼다.

그래 그래 그래,

그때 산 너머에서
한 아득한 목소리가 들려왔다

그래그래,
거봐

낮게 날던 새 몇마리 비스듬히 웃으며
이쪽 돌밭에서 저쪽 잡목 가지에 올라앉았다.

나는 구겨진 길들을 받아 안는다
오늘은 마침 바람이 분다.

흉터

그대는 묶여 있었지
1990년 1월 2일 밤
소련의 스푸트니크 위성과
미국의 인터셉트 위성을 통해 걸어오는
네 얼굴의 주름 위에 쌓이는 눈 소리

아무도 일어서지 않고 있었지
너 모두 눈물에 포위되어
1초 늦게 들려오는 울음소리
모든 흉터는 주름살 위에서
더 잘 걷는구나

너는 묶여 있었지
소련의 스푸트니크 위성과
미국의 인터셉트 위성의 뒤 허리에
질질 추억의 천 조각을 끌며
숨죽여 앉아 있었지, 50년 동안.

빠알간 망사 주머니 속에서

빠알간 망사 주머니 속에서
빠알갛게 언 알몸을 비벼대고 있는
빠알갛게 부어오른 눈으로 조심조심
창밖을 내다보고 있는
1킬로그램의 양파들에게

전해주게 이 말을

지금 이 별엔 봄이 왔다,고.

포클레인을 위하여

오늘 또 그가 나타났다.
네거리 한복판에
입술이 없는 입을 벌리며
그는 우뚝 섰다.
거만하게 손을 내밀었다.
굵은 쇠스랑이 달린
골리앗 같은 손을.

모두 엎드렸다.
네거리엔 긴장의 일순이 흘렀다.
허공이 스르르 내려와
가슴을 벌렸다.
몸을 잔뜩 오그린 지붕들은
잿빛 기침 소리를 내며
그 앞에 잽싸게 무릎을 꿇었다.
가진 것들을 전부
식은땀 흐르는 이마 앞에 벌리면서.
예컨대
녹슨 울타리라든가

기왓장이라든가
내장이라든가
펄떡대는 심장이라든가
구슬픈 피라든가

혜혜혜혜

절망이라든가
사랑이라든가
고뇌라든가
지혜라든가
………
혜혜, 하찮습죠, 산 것들 하찮습죠.

승천하길 기다렸다.

이제 그는
축축한 뒷골목으로 간다.
입술이 없는 입을

쓰윽쓰윽
지상에 가득한 흙으로 문지르면서

납작한 나의 등을 찍는다
햇볕 따뜻한 오후.

꽃잎

너의 좁은 아파트 한구석
시든 꽃잎 하나 헉! 소리를 내며
우글쭈글해진 모노륨 마루 위에 눕는 소리 들린다.

── 땅에 내려가고 싶다

네가 흑흑 흐느끼기 시작한다.

지리산에서의 하루

마른 풀을 밟으며 너를 믿는다
마른 풀을 밟으며 바람을 믿듯이
마른 풀을 밟으며 바람이 꿈과 섞여 펄럭임을 믿는다

그래, 본다
꿈과 바람이 너를 자꾸 일으켜 세우는 것을
일어서며 네가 푸른 입으로 웃어대는 것을
네 팔에도 네 허리에도
온갖 뿌리들 푸르게 달리는 것을

그날
햇살이 내리쬐고 내리쬐어
몸살 치며 그림자들 휘이휘이 하늘로 올라가는 날
너도 끝없이 달리라
온몸 풀어 풀어
하늘을 껴안으라

마른 풀이 없어도 너를 믿는다
마른 풀이 없어도 바람을 믿듯이

마른 풀이 없어도 바람이 꿈과 섞여 펄럭임을 믿는다
고목과 열매의 미소를 믿는다.

'사랑의 기쁨'

나는 한때 합창단원이었지
노을 지는 저녁 창가에서
마르티니의 '사랑의 기쁨'을 배웠지
실은 사랑의 슬픔을 표현해야 한다는
그 가락의 기쁨을 힘써 외우며
노을 속에 내 목소리가 떨어져
검은 피아노를 울리는 것을
가슴 흔들어 들었지
내 꿈이 노을의 붉은 눈을 지나
지붕 너머로 달리는 것을
보았지, 아, 캄캄한 눈썹으로도 보았지

그러나 한 20년간
나는 노래를 부르지 않았어
그동안 나는
내 목소리를 잠재웠지

지금 내 목소리는
비명밖에 지르지 못하네

혹은 혼자 중얼거릴 뿐
혹은 네, 네, 낮게 낮게 복종할 뿐
사랑의 슬픔에 젖어 흘러
짧은 저녁노을 붉은 속에 젖어 흘러.

기다려야 하네

기다려야 하네
네가 몰래 새벽 마을을 밀고 나와
새벽하늘에 박힌 별을 밀고 나와
달랑 차표 한장을 사 들고
낯선 어둠 두런거리는 여관방
혹은
임진강 찬물을 기다렸듯이
기다려 기어코
금곡 동두천 건너왔듯이
맨발 맨손 구슬피 부르텄듯이

따스하게 해야 하네
처음 만난 서울 장안
군고구마 서너개로 허겁지겁 뎁혔듯이
네 피로 낯선 남한 땅 뎁히고 뎁혔듯이

따스하게 불 지펴야 하네
불 지펴 허공의 찬 바람떼
쓰러지게 해야 하네

뎁히고 뎁혀서 세상 살 밑
흐르게 해야 하네

허물어야 하네
저리도 높이 솟은 벽돌
밤이면 밤마다
찬 별 하나 허공에서 끌어내려
네 창틀에 앉혔듯이

가득 채워야 하네
네 기다림 바구니
새벽 마을과
마을에 앉았던 서리들과
별들, 별들로.

불그레한 혀들이

불그레한 혀들이
도시의 하늘에 떠다니고 있네
불그레한 혀들은 저마다
축축한 종잇조각들을
끄을고 있네

종잇조각 하나가
흰 구름을 쫓아가네
어디선가 검은 날개의 새들이
한 떼 나타나
종잇조각 두울을 쫓아가네

축축한 허공의 술래잡기!

기진한 새들이 떨어지네
목마른 혀들도 떨어지네

흰 구름 하나가 가다 말고
슬피 바라보네

이 세상의 몫

— 탐욕과 추락의 혓바닥들을.

흰 눈 속으로

여보게, 껴안아야 하네
한송이 눈이 두송이 눈을 껴안듯이
한데 안은 눈송이들 펄럭펄럭 허공을 채우듯이

여보게, 껴안아야 하네
한조각 얼음이 두조각 얼음을 껴안듯이
한데 안은 얼음들 땅 위에 칭칭 감기듯이
함께 녹아 흐르기 위하여 감기듯이

그리하여 입 맞춰야 하네
한올 별빛이 두올 별빛에 입 맞추듯이
별빛들 밤새도록 쓸쓸한 땅에 입 맞추듯이

눈이 쌓이는구나
흰 눈 속으로
한 사람이 길을 만들고 있구나
눈길 하나가 눈길 둘과 입 맞추고 있구나

여보게, 오늘은 자네도

눈길 얼음길을 만들어야 하네
쓸쓸한 땅 위에 길을 일으켜야 하네.

절벽

내 이제껏 한 말
거기
눈 감은 돌 되어 서 있네

내 이제껏 달린 길들
거기
흔적도 없어졌네

부끄러워라

주홍빛 철쭉 한그루 허리 굽어
미끄러질 듯 위태롭게
앉아 있네

나,
굽어보네.

진 샤우제

대만 사람인 그 여자, 진 샤우제
'됴라와요 뷰산항'이라고 멋지게 부르는 그 여자
까무잡잡한 살빛이
흐린 불빛으로 흔들리는 그 여자, 진 샤우제
어둠 누워 있는 어깨에
검은 원피스를 걸친,
'샤랑하는 마리아'라고 부르짖는 그 여자
그리움의 술잔 너머
고양이 같은 눈 반짝이며
돌아갈 집도 없이
카라오께의 셔터를 내리는
그 여자, 진 샤우제

홀씨들의 투신

5월 어느날, 낯선 도시
헤매는 길 위에서
너희들을 만났다,
너희들은 가득
허공을 타고 날고 있었다.

길 위의 사람들은
한 손바닥으로 얼굴을 가리고
또는
저마다 들고 있는 얇은 봉투로
머리를 덮으며 걸어갔다.

멈추지 말라, 멈추지 말라

버스가 멈추고 마침
네가 문틈으로 날아 들어와
팟빛 비닐 의자에 처박혔다.
결코 네 집이 되지 못할
딱딱한 도시의 근육 속

한 떠돎이 또 한 떠돎을 낳는 곳

여기저기서 흐느낌들이 일어섰다.

일어선 소리들을 아무도 듣지 못했다.

한 여자가 있는 풍경

벗나무 밑에서
한 젊은 여자가 울부짖고 있다
제 가슴을 쥐어뜯는다
얇은 나일론 블라우스가
몰려서 있는 은빛 안개를 흔든다.

아침이 그치고
여기저기 젖은 창마다
푸시시한 얼굴들이 내걸린다
기웃거리는 은빛 안개.

젊은 여자의 길고 높은 목소리
벗나무 굽은 가지를 흔들며
젖은 창마다 급히 달려가다가
오만하게 솟은 벽에 부딪쳐
부스스 부서져내린다
피가 흐른다.

아무도 대답하지 않는다.

젖은 창들이 스르르 닫히고
여자의 옆에 팽개쳐진 잡동사니 그릇들에
이제 일어선 햇빛
핏빛으로 반짝이며 고여들 뿐,

너의 벽은 튼튼하고 튼튼하다.

재수 없는 날

그날은 참 재수 없는 날이었지
첫번 여행지인 거기
눈들을 반짝이며 한 연못을 들여다보았을 때
개구리 한마리가 몸 뒤집은 채 떠돌고 있었지
허옇게 바랜 허벅지를 잿빛 흐린 물에 쭈욱— 뻗고 있
었지
또 한곳에 당도하니
쓰레기 더미에 코를 박은 고양이 한마리
얇은 뱃가죽에 바람을 맞으며
축— 늘어져 있었네
햇살은 뜨겁게 뜨겁게
지상의 길들을 덮치고 있었는데
어디선가 끙끙거리는 소리 자꾸 들려와
나는 자꾸 뒤돌아보았네
길 끝에 이르렀을 때
나 그 자리에 서버리고 말았지
너의 햇빛 쌓인 목덜미, 보이지 않았기 때문이야
초라한 짐꾸러미들만이 앞서가고 있었기 때문이지
이렇게 외진 곳에서, 이렇게 외지게 가고 있었기 때문이지

그날은 참 재수 없는 날이었지
언제나 그날은, 그날은.

여름 밤하늘은 푸른 바람에 날리고

밤마다 그는 벽 속에 앉아
담배를 피운다.
연기가 바다 쪽으로 흘러가는 것을 보면서
모든 지상의 집들을
오만하게 바라본다.
모든 그림자가 감추고 있는
그림자들을 바라본다.
모든 소리 속의 소리
어둠 속의 어둠을 바라본다.
이제 그의 눈은 침침하고
이제 그의 이마는 벗어져 있다.
여름 밤하늘에 바람은 가득 차 출렁거리는데
그는 지난 낮의 길들을 생각한다.
길 위에 흘러내리던 눈물들을 생각한다.
굶주린 땀들을 생각한다.
슬픔의 뼈마디들과
자본의 두꺼운 지느러미를 생각한다.

그때 집들 사이 한 가파른 길 위로

못 보던 지느러미 하나가 솟는 것을
그는 보았다.
그것이 지상을 덮고
보이지 않는 어둠 속으로
몸부림치는 모든 흙을 끌고 가는 것을 보았다.

여름 밤하늘은 푸른 바람에 날리고

밤마다 그는 벽 속에 앉아
담배를 피운다.
벽 속에 앉아
벽이 되며 그는.

북대암에서

허덕허덕 올라간

가파른 언덕 끝

목마른 사람들이 예전에 감춰놓았다는

우물을 찾아갔네

사방을 두리번거리며 내리는 빗속

오래오래 닫혀 있던 은회색 뚜껑을 열었을 때

검게 구겨진 물 위 이끼 낀 돌벽에는

살찐, 큰 거미 한마리와

수십마리의 작은 거미들

엎디어 있었네

놀란 나 얼른 닫았네

어둠을 목걸이처럼 흔들며

네 긴 흐느낌

닫았네.

몇년을 생각해도

몇년을 생각해도
떠오르는 시구는 어둠뿐이네
'어둠 속에서'라든가
'어둠 앞에서'라든가
'끓는 어둠에 잠기어'라든가
'어둠에서 어둠으로'라든가
'어둠의 길을 걸어'라든가
'어둠이 만드는 어둠'이라든가
'어둠이 하늘을 흔들어'라든가

습관은 버릴 수 없나보다
아무리 보잘것없는 습관이라도

일생을 끌고 다니는 꿈처럼

어둠이 먼저인 삶과
어둠이 끝인 삶이
서로 인사하는 날.

제2부

벽 속의 편지

벽 속의 편지
짧은 흐느낌 같은

*

어제 네 편지를 받았네
네 편지에 들어 있는 톱밥 같은 빛들을 받았네
바람에 어린 풀들이 끌려가듯이
우수수수 나
끌려가고 있는 저녁에.

*

네 글자들 속에서
수군대는 모래바람
주워내고 주워내도
자꾸 일어서는 모래바람.

*

네 편지를 읽고 또 읽네
짧은 흐느낌 같은 가을 저녁.

벽 속의 편지
등불들이

등불들이 켜지네
집들은 입술을 오므리고
길 끝 벼랑 위에 앉아 있네

아직 눈 못 뜨는 불들은
지상의 모든 방 천장에
숨죽여 매달려 있으리라

자기를 켜줄 손을 기다리며.

벽 속의 편지

목소리 하나가

목소리 하나가
도시의 벌판 위에서 떨고 있네
가엾게도 벌거벗었네

그 목소리를 주우러
한밤중에 달려나갔지만
목소리는 거기 없었네
목소리의 그림자만이 남아
날 선 구름 아래 떠돌고 있었네
나는 그림자만을 주워
돌아왔네

두걸음도 가지 못하는
소리의 그림자만을.

벽 속의 편지

네 집 뒤에서

네 집 뒤에서 울고 있네
그 눈물이 현관을 두드려
문을 열어주네
눈물은 마루로 올라와
이윽고 방으로
내 이불 속에 들어와 눕네

가만가만 물어보네
눈물 한방울은 너무 큰 것인가
아니면
너무 작은
것인가,고.

벽 속의 편지
네 그림자가

네 그림자가 그림자를 끌고.
네 그림자 끄는 그림자가
그림자를 끌고.
네 그림자 끄는 그림자
다시 그림자를 끌고.

그런데 내 그림자는
자꾸 발을 헛짚네
결결이 눈꽃 피는 길
죽은 풀이 산 풀을 끌고 가는 길.

벽 속의 편지
어제 나는

어제 나는 가고 있었네
언제나 어제
나는 가고 있었네
흐르는 것들은 오늘도 흘러서 넘치고
어두운 것들은 한겹 더 어두워
돌아가지 못하는데

돌아가자
흐르는 것들 한겹 더 흐르게 하면서
지금 어두운 것들은 한겹 더 어두운 것들을 데리고
돌아가 이 땅 모든 얼음 설레는 곳
출렁거리자
어제 나는 가고 있었으니
언제나 어제
너여.

벽 속의 편지
너무 큰 구름떼 속으로

너무 큰 구름떼 속으로

새 한마리가

날아 들어가네

땀에 젖은 지붕이

헐떡이며

새를 처다보네

너는 새인가

너무 큰 구름떼 속으로 날아 들어가는.

벽 속의 편지

시든 꽃

시든 꽃을 버리네
네 목소리를 듣다가
앞산 허리에 걸린
네 목소리에 이마 기대다가
시든 꽃을 버리네
어느 하루 아름다웠던 그것을
내가 나를
버려야 하듯이
용감히
새벽의 입 위에
버리네.

벽 속의 편지

문을 열지 않아도

문을 열지 않아도
어둠은 훌쩍 들어서네
큰 손으로
가구들 모여 앉은 벽 밑을 쓰다듬고
밥그릇들 얌전히 앉아 있는 찬장을 쓰다듬네

문을 열지 않아도
훌쩍 들어서는 너
조금씩 부서지고 있는 전등 밑.

벽 속의 편지

번개의 뼈

번개의 뼈, 얼음의 뼈를 본 일이 있으신지?
한 화염이 다른 화염을 이끌고 옴을 보셨는지?
한 그을음이 다른 그을음을 적시며 옴을 보셨는지?
도시 한가운데, 여윈 달 파랗게 뜬 아래로.

벽 속의 편지

눈을 맞으며

눈을 맞으며 비로소
눈을 생각하듯이
눈을 밟으며 비로소
길을 생각하듯이

너를 지나서 비로소
너를 생각하듯이.

벽 속의 편지

여기

바람 소리 두엇이 달려오기에
반갑게 맞이하네
바람 소리 두엇을 방에 들이려니
바람 소리 서넛이 따라 들어오네
바람 소리 서넛을 방에 들이려니
바람 소리 대여섯이 따라 들어오네

끝이 없네

너, 여기 있었구나
수천날 그리 울면서
여기.

벽 속의 편지
앞산 검은 허리 위에

앞산 검은 허리 위에
씨앗같이 별 하나
솟아오르네

네가
매달려 있네

악착같은 먹구름 사이.

벽 속의 편지
밤길

꿈꾸는 것들만 지상에 매달려
빙빙 돌아가는
밤길

남루한 돌멩이들, 풀이파리들
서로 붙안고
별들 잡아당기고 있네.

벽 속의 편지
늦가을 빈 하늘에

늦가을 빈 하늘에
철새들이 나타났다

일렬종대의 빠른 울음.

빨리빨리 울며, 철새들이
입에 물었던 길
하나씩 던진다

떨어져 온다
그 길

낮게 낮게 세상의 이마 위에
떨어져 온다.

벽 속의 편지
그날

이 세상의 모든 눈물이
이 세상의 모든 흐린 눈들과 헤어지는 날

이 세상의 모든 상처가
이 세상의 모든 곪는 살들과 헤어지는 날

별의 가슴이 어둠의 허리를 껴안는 날
기쁨의 손바닥이 슬픔의 손등을 어루만지는 날

그날을 사랑이라고 하자
사랑이야말로 혁명이라고 하자

너, 아직
길 위에서 길을 버리지 못하는 이여.

벽 속의 편지

등불의 잔

건너편 섬에
등불 하나가 켜졌습니다.
서 있는 몇척의 배에도
배고픈 자의 눈처럼
등불이 반짝이기 시작했습니다.

가까운 어둠이
먼 어둠을 지우기 시작했습니다.
가까운 슬픔이
먼 슬픔을 마시기 시작했습니다.

세상은 훌쩍이는 소리로
가득한데

또 하나 켜진
건너편 섬의 등불
혼자 빛납니다.
서 있는 몇척의 배
혼자 등불이 됩니다.

나도 천천히
등불의 잔을 듭니다.
가까운 먹구름이
먼 먹구름을 마시기 시작할 때.

벽 속의 편지
기다리는 기술

너를 기다리네
시간을 수제비처럼 떠
어둠의 막대기 위에서 돌리네.

언덕들이 낮아지네
자꾸 낮아지네.

수십개의 유리 접시를
수십개의 막대기 위에서 돌리는 마술사

낮아진 언덕들이
도처에서 중얼거리네
지구가 중얼거림으로 가득 차네.

이것이 너를 기다리는 기술
기다림이 기다림을 살찌워
지구를 돌리는 기술

너를 기다리네

시간을 수제비처럼 떠
어둠의 막대기 위에서 돌리네.

벽 속의 편지
바다에 비가 내리네

바다에 비가 내리네
파도가 비에 젖네
젖는 파도 위로
떠오르시네 아버지
떠오르시며 아버지
비를 쓰다듬으시고
서 있는 배들의 돛,
모래 위의 우리 집
짧은 벽을 쓰다듬으시네

바다에 비가 내리니
그림자들 속속
파도 위에 일어서네
아버지의 흰 날개
파도 위에 펄럭이시네

바다에 비가 내리네
파도가 비에 젖네
아버지 거대한 날개

젖은 세상에 펄럭이시네.

벽 속의 편지

결혼

이제 그를 버려야 한다
한 물결이 한 물결을 버리듯이
한 슬픔이 한 슬픔을 버리듯이
한 아픔이 한 아픔을 버리듯이

모든 물결의 집이 되어가야 한다
모든 슬픔의 뜰이 되어가야 한다
모든 아픔의 숲이 되어가야 한다

그런 뒤

한 물결이 바다를 낳는 것을 보아야 한다
한 슬픔이 세계의 집이 되는 것을 보아야 한다
한 그림자가 그림자들을 낳는 것을 보아야 한다

저 산에 흐르는 비
제 곁의 눈물들
버리며 버리며 이루어 오듯이

이제 네 곁의 그를 버려야 한다
모두 홀로
세계의 끝에 서 있어야 한다
바람을 맞으며.

벽 속의 편지

바람 범벅, 어둠 범벅

밤길을 헤치며
누가 이리로 오고 있습니다.
허덕허덕 그
언덕을 오르고 있습니다.

바람 속에서 바람 범벅이 되어
어둠 속에서 어둠 범벅이 되어

길이 없어졌습니다.
지쳐 누운 언덕이
보이지 않는 별들을 잡아당깁니다.

풀잎들이 몸부림칩니다.
그림자들이 흐리게 울부짖습니다.

나, 그를 기다립니다.
바람 속에서 바람 범벅이 되며
어둠 속에서 어둠 범벅이 되며

그의 신발 밑으로
피가 흐릅니다.
허덕허덕
밤길 위로
핏방울, 빨리 떨어집니다.

벽 속의 편지
소식

그 왕릉을 파헤쳤을 때
시체 세구가 놓여 있었다 하네.
키가 좀 클 듯싶은 뼈 하나와
키가 좀 작을 듯싶은 뼈 둘
햇빛을 받자
스르르 사라졌다 하네.

　그때 몇 사람은
　동전 뒤집기를 하며
　정시에 오지 않는 기차를 기다리고 있었는데

　늦은 오후, 햇빛을 받자
　스르르 건물 뒤편으로
　사라졌네.

길 뒤에서
추억이 너풀거렸다 하네.

제3부

기도를 위하여

너는 새가 되었네
젊은 죽음을 위하여

너는 새가 되었네
날개 없이 훨훨 나는
아름다운 새가 되었네
네 철쭉꽃빛 부리가
누워 있는 녹슨 지붕들을 두드릴 때
땅에서는 미래를 빠는 꽃잎들이
다투어 일어서고 있네

지금
나는 나를 부끄러워하고 있네
내가 만들어낸 이 안일의 허약한 발목
내가 만들어낸 이 폭력의 교활한 팔
내가 만들어낸 이 절망의 구석구석
내가 만들어낸 이 탐욕의, 배반의 굽이굽이

너는 새가 되었네
날개 없이도 훨훨 나는
아름다운 새가 되었네

네 철쭉꽃빛 부리
수만 길 위로 오르네
폭력들의 길 위로 오르네
배반들의 길 위로 오르네
탐욕들의 길 위로 오르네
안일들의 길 위로 오르네

나는 네 없는 날개에
내 무능을 바쳐야 하리
나는 네 재의 옷깃에
내 허영을 바쳐야 하리
나는 네 철쭉꽃빛 입술에
내 비겁을 바쳐야 하리

아,
죽은 이여, 새가 된 이여
절망의 눈썹이여, 없는 날개여

이제 오르자

네 날개 끝으로
이 탁한 공기를 차올려라
'페놀'의 강물을 걸러 올려라
아,
죽은 이여, 나를 부끄럽게 하는 이여.

오늘 아침 사라진 그는

오늘 아침 사라진 그는 누구인가
허물어진 이마며 입술
어두운 살의 보따리 질질 끄을고
마비된 두 팔 두 다리
더이상 산소를 만질 수 없는 가슴
흐린 바람에 늘어뜨린 채
절름절름절름
부서지는 벽 뒤로 사라진 그는

당신인가, 당신이었는가, 당신일 것인가

그는 소리 없이 사라졌다
그가 사랑한 세상에서
그가 사랑한 새들과 함께
그가 사랑한 꽃들과 함께
그가 사랑한 물고기와 함께
아, 그가 사랑하고 노동한 세상에서
한조각 헝겊때기처럼 그는 삭아 없어졌다

누가 아직도 노동을 신성하다고 하는가
이 이산화탄소의 바닷속에서
이 페놀의
아황산의 숲속에서

여기는 지금 쓰러지는 소리들로 가득하다
꽃들은 일제히 꽃잎들을 자기의 몸에서 떨어뜨리며
땅바닥으로 내려와 쓰러진다
새들은 일제히 날개를 떨어뜨리며
인간이 쌓은 모래밭에 그 딱딱한 부리를 처박는다
강물의 근원으로부터 추락한 물고기들은
흐린 물 거죽에 그 부푼 배를 처박는다

이제
그를 돌아오게 해야 한다
오늘 아침 벽 뒤로 슬몃 사라진,
헝겊때기처럼 삭아 없어진
그를 돌아오게 해야 한다
꽃들과 함께 돌아오게 해야 한다

새들과 함께 돌아오게 해야 한다
물고기와 함께 돌아오게 해야 한다

그리하여
살아가야 하리
함께 함께 노동하며 살아가야 하리
노동은 신성한 것이니
지구는 곱고 고운 별이니.

'외로운 늑대'

나의 이름을
골리앗 크레인
'외로운 늑대'라고 불러다오
별을 세고 있으면 문득 별이 사라진다
새벽 2시
어둠이 동지들 곁
시멘트 위에서 끓고 있다

끓는 어둠이 사방의 밤하늘로 날아간다
펄럭 펄럭 펄럭

아내여
오늘밤도 오오래 길 밖을 보고 있을
맨발의 아내여
또는 어린것들이여
찬 이슬들이 달려오는구나
동지들 속으로
아아 ── 끝없는
밤의 구토 속으로

여기서는 보이지 않는다
깊디깊은 세상의 길들아
눈가에 앉는 것은 허공뿐
허공에 눌려 엎드린 지붕들뿐
펄럭이는 동지들
살 허물어지는 소리뿐

나의 이름을
골리앗 크레인
'외로운 늑대'라고 불러다오
거대한 밤의
죽음의 날개 속에서
새도록 끓는 기침 날리는
노동하는 자라고 불러다오

마른 초승달
새파란 한숨 날리며 가는 밤.

울음의 선(線)

옆집에서 한 사람이 울고 있네
한밤내 꺼이꺼이
그칠 듯 그치지 않네
울음은 천장을 타고 내려와
벽들을 적시며 내려가네
떠도는 먹구름 모아
나도 울음 따라 내려가네
천장을 타고 기둥을 적시며
내려가네

울음이 문을 열고 나가네
울음이 삼거리를 돌아
모든 역으로 가네
떠도는 먹구름 다 모아
대구로 광주로
아아
대전으로 서울로

지금 우는 이 아마도

내일을 울고 있네
옆집에서 꺼이꺼이
저 퍼지는 것을 보아!
울음의 뿌리
산 것들 사이로만 가는 것을 보아!
출렁이며
모든 반도의 지붕 밑에서
모든 지붕의 반도 속으로.

먼 길
도미(都彌) 처를 소재로 한 현대 화법

*

아주 오래전/백제국 그늘 짙은 땅에/그 여자가 살았다네/
그 여자의 살은 흰 물굽이 같았고/그 여자의 뒷모습은 살구
꽃 떠나온 아지랑이/그 여자의 눈은 새벽길에 일어서는 별
같았다네/그 여자의 마음씨 또한 구름 얽힌 하늘 비추는 해
님 같아서/그 여자의 소문은 햇빛에 실려 개루왕에게까지
닿았다네.

1

마침내 우리 여기 이르렀네

고개 숙인 갈대들이
죽은 희망과 슬픔을 다스리는 곳
구석구석 밤들이 긴 팔 쳐들어
식은 별자리를 챙기는 곳

그래, 마침내 이르렀네, 여기

잔돌들이 불손하게 서성거리는 길을 지나
술 취한 칼들이 목을 세운 길을 지나
아물지 않는 상처들의 뒷길을 걸어

안개에 묻은 어둠이 우리 살을 문지르니
살은 빨리 어둠이 되는 곳
안개에 묻은 어둠이 우리 땅을 문지르니
땅은 빨리 어둠이 되는 곳

에에헤 에에야 에에헤 에헤야

그런데, 누가 오는가
저 뒤
누가 오며 자꾸
귀 익은 비명 지르는가

*

왕은 그 여자를 간음하려 했다네/그러나 그 여자의 마음

씨는 구름 얽힌 하늘 비추는 햇빛/왕의 검은 마음을 비추지는 않았다네/왕은 그 여자의 남자를 잡아들였다네/소문은 길길이 퍼져/왕은 이윽고 남자의 눈을 빼버렸다네/그리고 추방했다네, 잡풀 우는 어디…… 섬인가……/구름 얽힌 하늘 비추는 그 여자, 어느날/홀연히 떠났다네/잡풀 우는 어디……/섬을 찾아서.

    2

이윽고 배 한척이 다가왔네
찬 바람이 주먹을 펴고
구겨진 뱃전에서 펄럭였네
어둠에 접힌
검은 물
나는 소리쳤네

섬이여, 거기 계신 섬이여
안개에 막히셨는가
그림자도 없는 섬이여

파도는 아무 말도 하지 않았네
넘치며 출렁일 뿐
출렁이며 한 파도
두어겹 더 달려올 뿐

찬 바람이 깊게 깊게
내 뼈 속으로 가라앉았네
네가 바람 속으로 들어갔네
나도 따라 들어갔네

바람이 되어
진흙구렁 물구렁 잡풀 뿌리에 눕고저
에에헤 에에야 에에혜 에헤야
잡풀 뿌리에 눕고저

3

그리하여 돌아온 곳

사랑이 사랑을 마셔버리는 곳
먹구름은 노상 창 밑을 떠돌고
길들은 안개를 한줌 입에 넣고서 우물거리네
싸움은 싸움을 물고서 우물거리네
네거리엔 찬 바람만 불어
축 늘어진 어깨로 그대와 나
흐린 길 헤매니
걸음에 걸음이 밟히는구나
한 눈물에 두 눈물 구슬피 베어지는구나
희망은 마약처럼
잡풀 뿌리에 매달려
도요새 두어마리 오늘도
먼 길 떠나는데
사랑하는 나뭇잎 하나
나뭇가지에서 떨어지네
벼락 치는 소리로 떨어지네.

이리로 오십시오

이리로 오십시오
모든 창을 닫고
구겨진 길들은 조용하게 하십시오
지금은
머리를 숙일 때
지금은
머리를 숙이고
어둠 속을 응시할 때

모든 싸움을 닫으십시오
어둠 속 깊은 골에는
언제나 이른 별이 있습니다
지상의 눈물들에 다가가
축축한 살을 쓰다듬고
흩날리는 뼈를 이으며
한숨의 허리마다
굽은 심지를 펴 올립니다

보이지 않는 것을 보십시오

들리지 않는 것에 귀 일으키십시오
이제 할 일은 그뿐
떠도는 가랑잎들에게, 붉어진 눈물들에게
기다리는 법, 기도하는 법을 가르치는 일뿐

이리로 오십시오
모든 창을 닫고
구겨진 길들은 조용하게 하십시오.

지금 어두운 것들은

버리게 하소서
지금 높은 것들은
그 높음의 살들을
지금 어두운 것들은
그 어둠의 뼈들을
지금 울고 있는 것들은
그 울음의 피들을

이기(利己)의 잠들을
탐욕의 꿈들을

그리하여
보이게 하소서

지금 부는 바람은
봄으로 가는 바람이니
지금 반짝이는 별은
홀로 하늘을 끌고 가고 있으니

보이게 하소서
어둠 속의
속의 빛
차가운 눈이 품고 있는 저 탄생들

끝내는 흐르게 하소서
처음과 끝이 하나 되어
흐르게 하소서
일어서
흐르게 하소서.

　　　　　　*

　나의 현재는 오늘도 벽 속에서 노래 부르기와 바다 저쪽
이라든가 도시 저쪽의 하늘에 걸린 커다란 종(鐘)의 그림 사
이를 끝없이 오가고 있다.

　　　　　　*

　벽 속에서 노래 부르기가 나의 시적 열망의 축 위에 서 있
는 것이라면, 종의 환상은 나의 도덕적 열망, 또는 당위적 열
망의 축 위에 서 있다.

　　　　　　*

　벽 속에서 노래 부르기는 이곳으로 온 이후 극성스럽게
된 나의 버릇인데, 그 알맞은 장소를 한때 잃었다가 최근에

나는 다시 찾았다.

어느날 밤, 학교에서 늦게 돌아오는 길에 버스를 갈아타기 위해 언덕 아래 어둠 속에 잠긴 버스 정류소(윗길과 아랫길이 교차하는 삼각 지점 같은 곳이다)에 서 있을 때 나는 갑자기 내가 큰 소리로 노래하고 있는 것을 발견하였다. 나는 있는 목청을 다 끄집어내어 「옛 동산에 올라」를 노래하고 있었다. 물론 정류소에는 아무도 없었고, 시커멓게 서 있는 가로수와 뒤 언덕의 키 작은 나무들, 정신없이 다니고 있는 차들, 길 앞쪽에 서 있는 바쁜 가게들과 삐죽이 솟아 있는 빌딩들의 튼튼한 벽 그리고 유독 짙은 어둠이 나를 가려주고 있었다. 버스는 잘 오지 않았으므로 나는 몇곡이나 더 노래를 할 수 있었다.

*

그 종은 구체적으로는 화엄사의 종이다. 언젠가 화엄사에 갔을 때 나는 새벽에 일찍 절로 올라가 종 앞에서 몇시간을 서성대었다. 뭐랄까, 어떤 답이 있을 것 같아서였다.

세상의 온갖 소리를 끌어넣어 결국은 저 하나만의 종소리를 내는 그것, 내 시의 답이 있다면 그런 것이어야 할 것이라는 그리움에 젖어.

그러나 이 시집 속의 시들에는 벽 속에서의 노래들이 더 많다. 아무래도 아직은 비애의 힘을 믿고 있는 까닭이다. 그리고 고독과 소외, 사소함이 내게 더 달콤한 문학적 덕목이기 때문이다. 이 세계에는 사실 사소한 인간들, 고독한 사물들이 얼마나 많은가. 거대한 권력과 상품적 제도들 앞에서 소리 없이 허물어지는 뼈들이 얼마나 많은가. ……그런 뼈들의 힘으로 지구가 돌고 있다면? 이 땅도 실은 자라고 있다면?

그러니까 여기 있는 시들은 그런 열망과 당위의 행진을 서투르게 해온 그런 것들이라고 할까.

*

어느날 새벽엔가 창밖을 보니까 아주 낡고, 긴 몸집 탓에 비쩍 말라 보이는 배 한척이 부지런히 바다를 달려가고 있었다. 배의 앞머리에는 등불이 켜진, 높은 막대기 같은 것이 꽂혀 있었는데, 날이 밝아오고 있었으므로, 그것은 아주 희미하게 반짝이고 있었다. 그 희미하고 가느다란 불빛 때문에 새벽 바다의 그 배는 더욱 가난하고, 고독하고, 힘없어 보였다.

한참 동안 나는 그 배의 가는 모습을 바라보았다. 누구인가, 내가 아주 잘 알고 있는 사람 하나, 넓은 바다 위를 달려가고 있었다.

*

　여기 싣고 있는 시들은 기왕에 발표했던 시들을 나 나름
으로는 대폭 수정한 것들이다. 이 사회에서 조그마한 자리
는 그래도 차지하고 있을 시인의 책무 같은 것과 수정에 대
한 나 자신의 요구 사이에서 무척 고민했었다. 이렇게 마구
수정해도 좋은 것인가 하고. 그러나 수정하기로 했다. 그 책
무의 완성을 위해서.

1992년 9월 햇빛 좋은 날
강은교

| 다시, 시인의 말 |

아직 젊은 자여

　　보이지 않는 것을 보아라
　　들리지 않는 것을 들어라

　보이는 귀를
　들리는 눈을

거기 잠시 어른거리는 너의 그림자에게
너의 신발에게
너의 주머니가 많은 가방에게
너의 봉투들에게
너의 스마트폰에게
너의 컴퓨터에게
너의 게임에게
너의 일기에게

너의 메시지에게
너의 의자에게
너의 단어에게
너의 질문에게

붉은 신호등에게
가끔 열리지 않는 자동문에게
무수한, 유턴의 화살표들에게

들어가지 마시오, 금지의 팻말들에게

등등 등등 등 등
그러나 그러나

저물녘이면 언제나
희망의 연둣빛 목소리 하나가 들려왔다,

일몰 옆엔 일출이 서 있으리니

아직 젊은 자여

외부는 언제나 내부의 외부

내부는 언제나 외부의 내부

이 고단한 행성 위에서

2019년 가을
강은교

창비시선 다시봄

벽 속의 편지

초판 1쇄/1992년 11월 5일
개정판 1쇄/2019년 10월 10일

지은이/강은교
펴낸이/강일우
책임편집/전성이 박준 박문수
조판/신혜원
펴낸곳/(주)창비
등록/1986년 8월 5일 제85호
주소/10881 경기도 파주시 회동길 184
전화/031-955-3333
팩시밀리/영업 031-955-3399 편집 031-955-3400
홈페이지/www.changbi.com
전자우편/lit@changbi.com

ⓒ 강은교 1992, 2019
ISBN 978-89-364-7779-0 03810